DE

L'INFLUENCE DE L'ESPRIT SUR LE CORPS

DANS L'ÉTAT DE SANTÉ ET DE MALADIE

POUR SERVIR A ÉLUCIDER

L'ACTION THÉRAPEUTIQUE DE L'IMAGINATION

Par le Dr Daniel HACK TUKE

du collège royal des médecins de Londres,
membre associé étranger de la Société médico-psychologique de Paris.

(ANALYSE PAR M. BRIERRE DE BOISMONT)

MESSIEURS,

Ce n'est pas la première fois que l'Etranger fait à la Société médico-psychologique l'honneur de la consulter. Elle doit cette marque d'estime à la justice qu'elle a toujours rendue aux travaux de ses savants et à la conviction que ceux qui se consacrent exclusivement aux malades et à la science, n'appartiennent pas seulement à telle ou telle nation, mais sont surtout les serviteurs de l'humanité. Le médecin dont nous allons vous entretenir est auteur avec le docteur Bucknill, visiteur de la chancellerie, d'un excellent ouvrage

intitulé : *le Manuel de médecine psychologique* qui a été
analysé dans nos *Annales* avec les éloges qu'il méritait et est
parvenu à sa troisième édition. Les connaissances étendues
du docteur Tuke en pathologie ne peuvent que donner plus
de poids à son traité de *l'Influence de l'esprit sur le corps.*

La pensée du livre est de chercher si l'on ne pourrait pas
régulariser médicalement la force de l'imagination, ap-
prendre aux gens du monde la véritable cause des guérisons qui semblent sortir des voies ordinaires, et leur donner à réfléchir sur les moyens merveilleux, toujours si
bien accueillis par la multitude.

Le célèbre Hunter avait déjà signalé le rôle de l'attente et
de l'imagination dans la médecine. On peut établir, dit-il,
en fait général, que toute disposition du corps qu'on con-
çoit être proche, qu'on attend avec confiance et certitude de
son arrivée, ne tardera pas à se manifester comme résultat
de l'idée.

Pour suivre l'action de l'imagination dans la ligne scien-
tifique que l'auteur s'est tracée, il faut ne pas perdre de
vue qu'il pose en principe que l'esprit agit sur le corps
par l'intermédiaire de trois états, l'intelligence, l'émotion,
la volonté, qui constituent un pareil nombre de sections,
comprenant de nombreuses observations, prises aux meil-
leures sources et qui forment la base de son œuvre.

C'est par l'intelligence que commence cette intéressante
étude ; elle y est considérée dans son influence sur les
sensations, les muscles volontaires, involontaires et les
fonctions organiques ; le même plan est adopté pour les
deux autres états. L'intelligence agit sur les sensations, en
les excitant, les affaiblissant et les altérant.

L'influence de l'imagination sur les sens se produit dans
un grand nombre de circonstances. Un procureur fiscal
assistait avec les médecins à l'exhumation d'une bière dans
laquelle devait exister le corps d'un enfant nouveau-né,
qu'on disait avoir été empoisonné par sa mère. En aperce-

vant le coffre, le magistrat déclara qu'il sentait l'odeur de la décomposition. Prêt à perdre connaissance, il fut forcé de s'éloigner. A l'ouverture, on ne trouva rien, et l'on sut que depuis quelque temps, il n'était pas mort d'enfant dans la localité (p. 48).

Une preuve des curieux effets de l'association des idées, résultat de l'influence de l'imagination sur les sensations, est consignée par le docteur Kellog dans le journal américain de l'*Insanité*. Un de ses amis avait l'habitude dans sa jeunesse de traverser un bras de mer où il était toujours malade. Sur le bâtiment, il y avait un aveugle qui jouait du violon pour distraire les passagers. Pendant des années, quoique cet ami ne passât plus par cet endroit, il associa le son du violon avec l'idée du mal de mer, et il lui était impossible d'entendre cet instrument sans éprouver aussitôt une sorte de nausée.

Les exemples multipliés que l'auteur a rassemblés sur ce sujet l'ont porté à conclure que l'influence de l'intellect sur les sensations pouvait donner lieu à des illusions, des hallucinations, reproduire la sensation correspondante à l'idée, les impressions sensuelles, et déterminer l'hyperesthésie et l'anesthésie d'un ou de plusieurs sens.

L'intelligence exerce également son influence sur les muscles volontaires, et y occasionne des contractions, des relâchements, des spasmes, des convulsions et des paralysies.

Une tension d'esprit même très-légère peut engendrer un accès d'épilepsie. Marshall Hall a consigné l'observation d'une fille qui avait une attaque convulsive toutes les fois qu'elle était obligée de faire un nœud difficile dans son ouvrage de tapisserie. On lit dans Van Swieten qu'un enfant, ayant été très effrayé par un grand chien, fut pris d'épilepsie, et chaque fois qu'un chien aboyait, il tombait immédiatement du haut mal.

L'intelligence agit aussi sur le cœur et les muscles involontaires d'une manière absolument semblable.

On doit à Romberg de savoir que Pierre Franck, à une époque avancée de sa vie, préparant avec une attention spéciale ses leçons sur les maladies du cœur, fut en proie à de si fortes palpitations, avec intermittence du pouls, qu'il se crut atteint d'anévrisme. Ces symptômes ne disparurent, qu'après avoir terminé son travail, et lorsqu'il eut fait un voyage.

Le retour involontaire d'une sensation désagréable, après un laps de plusieurs années, produit quelquefois les mêmes effets qu'au début. Van Swieten raconte qu'étant passé par un endroit où était étendu un chien en putréfaction, l'odeur le fit vomir à l'instant. Quelques années après, se trouvant dans le même lieu, le souvenir de la sensation ancienne lui revint avec une telle vivacité qu'il fut pris de vomissement.

Enfin l'imagination peut exciter, modifier ou suspendre les fonctions organiques et causer des changements dans la nutrition, la sécrétion et l'excrétion. On doit au docteur Pary l'observation d'une dame, qui, après la période de l'allaitement, sentait encore le lait couler, dès qu'elle entendait le cri d'un enfant. L'action reflexe du cerveau sur ces fonctions est ici parfaitement évidente.

Le second état invoqué par le docteur Tuke pour élucider l'action de l'imagination est l'émotion ; elle agit comme l'intelligence sur les sensations.

L'examen de l'influence des émotions sur les sensations offrait un champ trop intéressant pour que M. Tuke ne lui consacrât pas un article étendu. Fidèle à sa méthode, il montre que l'émotion peut exciter les sensations, les suspendre (anesthésie) et les exalter d'une manière morbide (hyanesthésie). Ce qu'on doit toujours chercher dans ces divers cas, c'est le mode d'agir de l'esprit sur le corps. L'expérience de John Hunter concernant ce sujet, est un guide qu'il ne faut jamais perdre de vue. J'ai, dit-il, la certitude de pouvoir fixer mon attention sur une partie quelconque de mon corps et d'y éprouver une sensation.

Les grandes émotions font naître l'anesthésie, les convulsions, la surdité. Astley Cooper cite l'observation d'une jeune fille qui, allant chercher son canif dans l'obscurité, fut tellement effrayée du choc subit d'une de ses compagnes, qui l'avait fait par malice, que le lendemain on reconnut qu'elle était sourde. Le célèbre chirurgien l'ayant revue trois mois après, la trouva dans le même état

On connaît le fait du Dr Bennet, relatif à un bouch r, qui voulant accrocher une lourde pièce de viande, glissa et resta suspendu par le bras au crochet ; conduit chez un pharmacien, il ne cessait de crier qu'il souffrait horriblement. Lorsqu'on eut coupé la manche, on constata que cette partie seule du vêtement avait été traversée et que le bras n'avait aucune blessure.

L'action des émotions sur les muscles volontaires entraîne des contractions irrégulières excessives, des spasmes, des convulsions et la paralysie.

Il est impossible de nier l'importance d'une forte émotion dans l'étiologie de l'épilepsie. Trousseau a rapporté l'observation d'un enfant de onze ans qui fut si douloureusement impressionné par la mort de sa mère, qu'il devint épileptique. Entré à dix-sept ans à l'hôpital pour son mal, il déclara au médecin qu'il était toujours en proie aux idées qui l'avaient assailli lors de la perte de sa mère.

La paralysie tremblante (*Paralysis agitans*) est quelquefois due à une violente émotion.

Le professeur Oppolzer, de Vienne, a recueilli l'observation d'un homme qui, dans le bombardement de cette ville, en 1848, fut si épouvanté par le bruit du combat et la chute d'une bombe à ses côtés, qu'il fut pris d'un tremblement des mains qui gagna ensuite les membres inférieurs et se compliqua de paralysie. Douze ans après, il fut admis dans l'hôpital du docteur Oppolzer. Les muscles de la face, de la langue, du cou et des membres supérieurs étaient affectés d'un tremblement très-prononcé, qui se suspendait pendant le sommeil ; les muscles étaient en même temps rigides. Le malade mourut trois semaines après son entrée. L'autopsie révéla une induration du pont de Varole et de la moelle allongée. En examinant ces organes au microscope, on découvrit une production anormale de tissu connectif, rendant compte de l'induration de ces parties. Les colonnes latérales du cordon rachidien présentaient des stries grises, opaques, dues également à la présence du tissu connectif, en voie de développement. Dans la couche opti que droite, il y avait un kyste de la grosseur d'une fève dont les parois contenaient du pigment.

Les mouvements populaires par les craintes qu'ils déterminent, les frayeurs qu'ils inspirent, ont plusieurs fois occasionné la chorée. Le docteur Carpenter a rapporté que beaucoup de cas de cette maladie furent reçus dans l'infirmerie de Bristol, peu de temps après les troubles qui avaient eu lieu dans cette ville, en 1833.

Les spasmes vocaux sont fréquemment aggravés par la terreur, la peur, la lâcheté, tandis que le courage qu'excite le danger les fait parfois cesser. C'est ce qui arriva au roi d'Angleterre, Charles Ier. Il bégayait habituellement, mais pendant son procès, ce défaut de prononciation disparut entièrement.

Parmi les maladies dues aux émotions, le docteur Crichton a consigné dans son ouvrage une observation de catalepsie qu'il tenait de Bonet. Un soldat polonais qui avait déserté, en 1677, fut découvert quelques jours après dans un cabaret. Au moment où on l'arrêta, il poussa un grand cri, et ne prononça plus aucune parole. Devant la cour martiale, il se tint immobile, comme une statue. Dans la prison, il ne prit ni aliment, ni boisson. Les officiers et les prêtres commencèrent par le menacer, puis cherchèrent à le calmer. Tous leurs efforts furent inutiles. On lui ôta ses fers et on le fit sortir de la prison, il ne remua pas davantage. Vingt jours et vingt nuits s'écoulèrent, sans qu'il prît rien et eût d'évacuation; il s'affaiblit graduellement et mourut (p. 215).

Arétée a mentionné les émotions violentes parmi les causes de la paralysie. Le docteur Tuke a cité dans son ouvrage un grand nombre de faits, dus à la même origine. L'observation suivante en est un exemple remarquable.

Une jeune fille dont la mère était soignée dans un hôpital, demandait sans cesse à la voir, ce que les parents traitaient de caprice. On s'aperçut, au bout de quelque temps, qu'elle présentait des symptômes qu'on attribua à la moelle épinière ; il y avait aussi des maux de tête et impossibilité de se tenir debout. Envoyée à l'hôpital pour une paraplégie, la première parole de cette jeune fille fut de demander à voir sa mère, ce que le médecin lui permit. Après l'avoir accablée de caresses, comme elle paraissait contente et calme, on voulut la reporter dans son lit, mais l'enfant s'élançant à terre, déclara qu'elle avait recouvré l'usage de ses membres, et retourna d'elle-même à son lit. Sa guérison se maintint pendant les dix jours qu'elle resta à l'hôpital.

De cet examen de l'influence des émotions sur les muscles volontaires, l'auteur passe à celui des muscles involontaires ; il y retrouve les lésions de la contraction, du spasme et de la paralysie. L'accélération du cœur est fréquemment le résultat d'une impression pénible. John Hunter ne pouvait faire un récit émouvant sans éprouver des spasmes, et il était forcé de suspendre plusieurs fois sa narration. Ma vie, avait-il coutume de dire, est à la merci du premier misérable qui cherche à me mettre en colère. Les gouverneurs de l'hôpital Saint-Georges, ayant arrêté que personne ne serait admis dans l'établissement, s'il ne présentait un certificat, attestant qu'il avait suivi des cours de médecine, Hunter s'imagina que cette mesure avait été prise contre lui, à cause de deux de ses compatriotes qui ne pouvaient satisfaire à cette obligation. Avant d'entreprendre leur défense, il manifesta à un de ses amis la crainte que, s'il s'élevait une contestation à ce sujet, le résultat ne lui en fût fatal. Un de ses collègues ayant vivement combattu son opinion, Hunter cessa immédiatement de parler, se retira dans une pièce voisine et tomba sans connaissance; en voulant le secourir, on reconnut qu'il n'existait plus. L'autopsie révéla des lésions graves et anciennes du cœur, de l'oreillette et du ventricule gauches, des artères coronaires, de la valvule mitrale et du péricarde.

Le docteur Currie, d'Edimbourg, devait pratiquer l'opération de la paracentèse chez une femme atteinte d'ascite. En voyant entrer le médecin dans sa chambre, la malade perdit connaissance. Pendant qu'on cherchait à la faire revenir à elle, Currie s'aperçut qu'elle était morte. Elle avait succombé à un paroxysme subit de frayeur.

Les émotions contribuent puissamment à exciter, modifier ou suspendre les fonctions organiques, en déterminant des changements dans la nutrition, la sécrétion, l'excrétion et en altérant par là le développement du corps et son entretien.

J'ai vu, dit le docteur Wilks, un grand nombre de cas d'anémie, dont plusieurs ont eu une issue fatale, survenir après une impression vive sur le système nerveux.

Les recherches du docteur Tuke, pour établir les influences de l'intelligence et des émotions sur les sensations, les muscles volontaires, involontaires et les fonctions organiques, ont prouvé par des faits nombreux et authentiques la vérité de cette action. Nous ne dirons donc que quelques mots de l'influence de la volonté sur ces trois ordres de faits, parce que des sujets, regardés par beaucoup d'auteurs comme appartenant à cette faculté, ont déjà été traités précédemment.

On lit dans la *Revue médico-chirurgicale anglaise et étrangère*, que le professeur Beer, de Bonn, pouvait avec le même degré de lumière, dilater ou contracter la pupille à volonté. Certaines dispositions favorisaient ces mouvements; si le professeur pensait à un endroit sombre, la dilatation avait lieu; la contraction, au contraire, se manifestait, s'il avait en vue un lieu très-clair. Sous ce rapport, la suspension prolongée de l'activité vitale chez les faquirs doit être notée comme étant probablement déterminée par la volonté, concentrant fortement l'attention sur un sujet, et ayant de l'analogie avec l'influence qu'exerçait le colonel Townsend sur les mouvements de son cœur.

Cette longue étude a incontestablement mis hors de doute l'influence de l'esprit sur la production des maladies, mais l'auteur n'avait pas seulement l'intention d'établir par des faits une opinion qui est celle des médecins, il a surtout voulu chercher, si les éléments de l'esprit qui causent le mal ne pourraient pas aussi concourir à la guérison. C'est cette seconde partie du travail que nous allons passer en revue. Il n'est pas de praticien qui n'ait constaté des faits d'amélioration, de guérison par les impressions morales dans les maladies et surtout dans les affections du système nerveux.

Un souvenir de la puissance des moyens moraux dans l'état pathologique nous est resté dans la mémoire, d'une manière ineffaçable. Le 1er juin 1842, je recevais du docteur Couronné, doyen de l'Ecole de médecine de Rouen, la triste nouvelle que ma mère, atteinte d'une affection grave de l'utérus, avait eu deux jours auparavant des attaques épileptiformes avec perte de connaissance, d'une telle violence qu'on avait désespéré de ses jours, et qu'il était à craindre, si elles reparaissaient, qu'elle ne périt avant mon arrivée; mon ami ajoutait que ces attaques avaient été remplacées par un délire tranquille, dans lequel ma mère croyait voir des ombres, des figures, des personnages étrangers, parlait d'objets fort divers, sans rapport avec sa position ; elle ne reconnaissait plus ceux qui l'entouraient, s'imaginait qu'ils la maltraitaient, voulait les renvoyer ; ma sœur elle-même qui ne l'avait jamais quittée, lui était devenue complétement indifférente. Au milieu de ces paroles incohérentes, une seule idée ne cessait de se reproduire, c'était celle qu'elle ne me reverrait plus ; à chaque instant elle m'appelait.

En entrant dans la chambre de ma bien-aimée mère, en proie à une angoisse extrême, je la trouvai sur son séant, l'œil fixe, murmurant des paroles sans suite; elle demandait qu'on fît retirer les personnes et les marchands qui avaient pénétré dans son appartement, et surtout la méchante femme qui ne cessait de la persécuter. Avec la main elle cherchait elle-même à les éloigner : *Mais faites-les donc sortir, répétait-elle, n'entendez-vous pas le bruit qu'ils font?* Le plus grand silence régnait. *Ils veulent m'empêcher de voir mon fils. Mon pauvre fils! il ne viendra pas; lorsqu'il arrivera, je ne serai plus.* Son délire durait depuis vingt-quatre heures.

A ce spectacle, je fondis en larmes, et lui prenant la main : *Calme-toi, ma bonne mère,* m'écriai-je, *je ne te quitterai plus.* En même temps, je la pressai contre mon cœur. A peine avais-je achevé ces paroles, que ma mère se tut, comme si elle se fût recueillie en elle-même, et reprenant sa connaissance elle me dit : *Réponds, est-ce bien toi, mon fils? Ah! je reconnais ta voix. Où es-tu? Je ne te vois pas!* Son attention se concentrant de plus en plus, elle distingua les objets, m'aperçut, son regard m'exprima la joie qu'elle éprouvait. *Te voilà,* ajouta-t-elle, *je puis mourir contente!* Le délire avait cessé; le son de ma voix l'avait remuée dans tout son être. Un changement miraculeux s'était opéré; l'intelligence avait repris sa lucidité au foyer de l'amour maternel. Pendant les cinq jours qu'elle vécut encore, j'eus le bonheur de l'entendre, et de lui voir conserver sa raison. Le jour de sa mort un peintre faisait son portrait, il était onze heures du matin. Le peintre la voyant pàlir, lui dit : Remettons la séance à tantôt. *Continuez,* lui répondit-elle, *tantôt il serait trop tard.* Elle expirait à trois heures. (*Des hallucinations,* 3ᵉ édition, page 249, 1862.)

Il est certain que, dans le plus grand nombre de cas, l'impressionnabilité est produite par un appel à l'imagination du malade. Le véritable caractère des phénomènes qui

résultent de cette disposition consiste donc dans leurs
rapports avec l'imagination, aussi le docteur Tuke les a-t-il
appelés phénomènes suggestifs; or, puisqu'un état de l'esprit
est capable de produire une maladie, de même un autre
de ses états peut déterminer la cure.

Parmi les exemples de guérisons dues à l'influence de
l'esprit sur les désordres des sensations, du mouvement et
des fonctions organiques, l'auteur cite l'observation suivante :

Il y a un bon nombre d'années, dit le docteur Skey, lorsque j'étais moins familiarisé avec les affections hystériques,
je soignais, de concert avec M. Stanley, une jeune personne
de dix-neuf ans, atteinte d'une affection douloureuse au
genou, que nous regardâmes comme une inflammation, et
que nous traitâmes en conséquence. La médication se pro-
longeant depuis plusieurs semaines, sans avoir amené de soulagement, nous nous consultâmes sur l'issue probable du
mal, qui nous offrait en perspective des abcès, la destruction
des ligaments et en dernier lieu l'amputation du membre.
Pendant que nous délibérions, la malade m'informa que sa
sœur se mariait et que son intention était, quelle qu'en fut
la suite, d'assister à la noce. Effrayé de cette résolution, je
fis tout pour l'en détourner, mais inutilement. Je me déter-
minai à donner plus de solidité à l'articulation, en l'entou-
rant d'un bandage contentif. Je visitai cette demoiselle le
lendemain ; elle me dit qu'elle s'était tenue debout pendant
toute la cérémonie, avait pris part au déjeuner, et était revenue chez elle, sans éprouver de douleurs dans la jointure.
Huit jours après sa guérison était complète.

On objectera peut-être qu'il s'agit ici d'un mal local et
qu'il serait préférable de prendre une maladie confirmée
pour exemple. Le fait suivant sera la réponse.

Le *Journal de médecine et de chirurgie* (vol. XVIII) rap-
porte qu'une dame, dans la force de l'âge, d'une santé ro-
buste, souffrait depuis quatre ans d'une épilepsie violente,

dont les accès revenaient trois ou quatre fois par semaine,
durant plusieurs heures, et laissaient la malade dans un
état de stupeur. Tous les traitements avaient échoué, et on
l'avait jugée incurable, lorsqu'elle reçut la nouvelle de la
mort de sa fille, brûlée par accident. L'impression qu'elle
éprouva fut si grande, que la maladie épileptique ne repa-
rut plus.

Le docteur Abercrombie a cité trois cas de paralysie
guéris par une très-forte émotion. Le premier est celui
d'une femme privée de mouvement, depuis des années, qui
reprit l'usage de ses membres par la terreur que lui causa
un violent orage, et à la suite des efforts considérables
qu'elle fit pour sortir de sa chambre où elle avait été laissée
seule. Le second malade put tout à coup se servir de ses
jambes, en voyant sa maison en feu. Le troisième, paralysé
depuis six ans, recouvra ses mouvements dans un terrible
accès de colère (p. 363).

Le docteur Beddoes, après des expériences sur l'acide
nitreux, avait été conduit à admettre que cet agent pouvait
guérir la paralysie. Davy, ayant été choisi pour faire l'expérience, plaça sous la langue du malade, qui lui avait été
confié, un petit thermomètre, afin d'apprécier le degré de
température. Profondément émotionné par la certitude de
Beddoes dans le succès, l'individu n'eut pas plutôt le thermomètre entre les dents qu'il s'imagina que l'instrument
opérait. Il déclara qu'il commençait à sentir la douce influence du remède dans tout le corps. L'occasion était trop
tentante pour être perdue. Davy ne fit rien de plus, mais
engagea le malade à revenir le lendemain. Au bout de
quinze jours, il s'en retournait guéri, sans qu'on eût eu recours à d'autres moyens.

Le collaborateur de Bucknill s'était montré trop bon cli-
nicien dans le *Manuel de médecine psychologique* pour ne pas
chercher à régulariser pratiquement l'influence de l'esprit
sur le corps. C'est, en effet, le but vers lequel ont tendu

tous ses efforts. Comment, dit-il, les faits précédents qui prouvent l'empire des états de l'esprit sur le corps malade, ne seraient-ils pas appliqués thérapeutiquement? Ce pouvoir incontestable peut-il être contrôlé et dirigé? Est-il dans la possibilité de produire avec certitude une impression mentale? Ces questions sont, sans doute, fort délicates, mais on ne saurait nier que le médecin et le chirurgien ne fassent constamment usage de ce puissant agent dans les paroles qu'ils adressent aux malades, dans l'espérance et la confiance qu'ils s'efforcent de leur inspirer, et dans les précautions qu'ils prennent pour écarter tout ce qui tendrait à les abattre.

Le célèbre docteur américain Rush s'exprime ainsi sur l'influence générale du médecin à exciter ces états de l'esprit, afin d'obtenir un effet favorable sur le corps malade. J'ai souvent prescrit, dit-il, des remèdes d'une efficacité douteuse dans la période critique des maladies aiguës, mais jamais avant que je n'eusse fait naître chez mes malades la confiance, touchant à la certitude, de leurs effets salutaires. Le succès de cette méthode a répondu beaucoup plus souvent à mon attente, qu'il ne l'a trompée. Il attribue la guérison au concours énergique de la volonté avec l'action du médecin.

Le pouvoir qu'a cette puissance chez quelques individus de lutter contre la maladie est incontestable. Le docteur Laycock a cité des faits où par son aide on est parvenu à arrêter des paroxysmes commençants d'angine de poitrine, d'épilepsie.

Le physicien Andrews Crosse avait été gravement mordu par un chat qui mourut de la rage. Probablement n'étant ni nerveux ni impressionnable, Crosse paraît n'avoir pas attaché grande importance à l'accident. Trois mois après, il sentit une forte douleur dans le bras mordu acompagnée d'une soif très-vive. Au moment où il portait le verre à ses

lèvres, un spasme violent lui ferma le gosier. Immédiatement, dit-il, j'eus la conviction terrible que j'allais périr
victime de la rage. L'agonie de mon esprit, pendant quelques instants, ne peut se décrire. Presque aussitôt, m'ar-
mant d'une ferme résolution, si je dois mourir, m'écriai-je,
mourons comme un homme, mais s'il y a quelque espoir,
tentons tout pour nous sauver. Sentant qu'une excitation
physique et mentale était nécessaire, je pris mon fusil et
partis pour la chasse. Le bras me faisait horriblement mal.
Je ne rencontrai pas de gibier, mais je marchai toute l'après-
midi, et à chaque pas, je faisais un effort mental contre la
maladie. A mon retour, j'étais décidément mieux. Je pus
manger, comme d'habitude. La douleur du bras alla toujours en diminuant et finit par disparaître. Le troisième
jour, j'étais dans mon état normal. Le docteur Kinglake,
auquel je fis part de cet évènement, me répondit que j'avais
eu un accès d'hydrophobie auquel j'aurais pu succomber,
si ma résolution ne m'avait sauvé.

L'emploi des substances inertes, mais dans lesquelles le
malade a confiance, associé à l'excitation systématique de
l'attente ou de l'espérance de leur action avantageuse,
a été souvent utile. Sir John Forbes a rapporté dans le
British and Foreign review (janvier 1847) l'observation
d'un officier de marine qui souffrait depuis plusieurs années
de violentes attaques de crampes dans l'estomac. Traité par
tous les médicaments usités en pareil cas, le bismuth l'avait
très-soulagé. Ce remède ayant échoué à son tour, et les
douleurs spasmodiques s'étant aggravées par l'emploi des
opiacés, son médecin lui dit qu'à la prochaine crise, il
lui administrerait un médicament très puissant pour ce
mal, mais qu'à raison de ses propriétés dangereuses, il ne
le ferait qu'autant qu'il aurait donné son consentement,
ce que l'officier accorda.

Lorsque la crise se manifesta le médecin prescrivit quatre
grammes de biscuit pilé, toutes les sept minutes, en témoi-

gnant la crainte que la dose ne fût trop forte. A la quatrième prise, le malade était entièrement soulagé. Quatre
fois on eut recours à ce moyen avec le même succès. L'officier put partir ensuite pour une autre destination.

De fortes douleurs gastriques et intestinales ont été dis-
sipées par un appel semblable à l'imagination.

En 1845, une compagnie de l'armée anglaise fut atteinte
d'un mal d'entrailles épidémique, se terminant chez quelques individus par une simple diarrhée, mais dégénérant
en dyssenterie chez beaucoup d'autres ; ces derniers
avaient, en outre, des ténias. Parmi les malades de cette
seconde catégorie, il s'en trouva qui résistèrent à tous les
remèdes, un entre autres dont la peau devint calleuse. Le
médecin militaire jugea nécessaire de recourir à l'influence
de l'esprit. Il dit au malade, comme il l'avait dit à d'autres,
que son affection étant opiniâtre, il serait dans l'obligation
de faire usage de médicaments très-dangereux (*desperate*),
pour le débarrasser de son mal ; il ajouta qu'il surveille-
rait le remède avec le plus grand soin, de peur qu'il ne
devînt préjudiciable et peut-être fatal. L'ayant ainsi vivement impressionné par ces paroles, il lui fit des visites
répétées toutes les heures de jour et de nuit, en témoignant
ses inquiétudes sur les effets de ces médicaments dange-
reux et puissants et en faisant observer qu'on ne pouvait
s'attendre dans ce cas à des résultats rapides. Des pilules de
mie de pain furent administrées toutes les six heures.
Vingt-quatre heures après les souffrances de l'individu
étaient diminuées d'une manière appréciable. Le quatrième
jour, il en était presque débarrassé. Le sixème, on cessa les
pilules et à la fin de la quinzaine, l'œil était bon, la peau
revenue à son état naturel, et l'individu reprenait prompte-
ment ses forces. Dans ce cas comme dans la plupart de ceux
où cette méthode a été pratiquée, l'alimentation a été plus
abondante. Cette amélioration remarquable a été l'objet de
nombreux commentaires de la part des officiers et des sol-

dats, qui n'ont pas été plus informés des moyens mis en usage que ce malade.

Sir John Forbes termine son article sur la *jeune médecine* par le conseil d'administrer des substances inertes, quand il s'agit de satisfaire l'esprit du malade.

L'attention peut seulement être dirigée d'une manière déterminée vers la région souffrante, dans l'attente d'un soulagement ou d'une guérison, sans recourir à l'administration de drogues inertes.

Le docteur Carpenter a rapporté plusieurs faits favorables de cette méthode. Un gentleman, quelque peu hypochondriaque, demandait chaque jour un remède pour sa constipation. Les médicaments n'ayant plus d'action, il consulta un médecin qui après l'avoir fait asseoir devant lui et mis son ventre à découvert, lui recommanda de diriger toute son attention sur la région du colon transverse, en la lui indiquant avec son doigt, et en l'assurant que l'effet désiré aurait lieu; l'expérience fut suivie de succès, et pendant quelque temps, les intestins restèrent libres sans médicaments (p. 393).

Le docteur Tuke résume son livre par dix propositions dont voici les principales : L'influence de l'esprit sur le corps n'est pas moins puissante dans la santé que dans la maladie; son action peut être graduelle ou soudaine, ses effets se produisent dans les maladies nerveuses comme dans les autres affections ; l'influence de la volonté sur la maladie est un agent très-important dans la thérapeutique psychique; les moyens employés par l'empirisme, lorsqu'ils agissent moralement, peuvent être séparés de ce qui ne leur est pas essentiel et utilisés systématiquement ; ils rentrent alors dans l'ordre de faits que la commission de 1784, composée des savants les plus distingués, Bailly, Lavoisier, Franklin, Jussieu, eut mission d'examiner et qui concernait le magnétisme animal. Les commissaires reconnurent la réalité des effets, mais tous, à l'exception d'un seul (le célèbre Jussieu), crurent devoir les attribuer à l'imagination et à l'imitation; ils constituaient suivant eux, d'après le Dᵣ Tuke, le fondement d'une *nouvelle science*, celle du moral sur le physique, ou comme il s'exprimaient eux-mêmes: « Le pouvoir que l'homme a sur l'imagination peut maintenant être converti en art pratiqué méthodiquement (p. 405). »

Comme conclusion dernière de cette importante étude des phénomènes psycho-physiques, l'auteur les divise en trois sections: 1° les phénomènes qui proviennent de l'action de l'esprit sur les fonctions du corps, d'une courte durée morbide, à laquelle il donne le nom de *psycho physiologiques*; 2° ceux constituant des états morbides, appelés *psychopathologiques;* 3° enfin les phénomènes, susceptibles de guérison, dénommés *psycho-thérapeutiques*. Les observations de ces trois modes d'influence d'action de l'esprit sur le corps abondent dans l'ouvrage, celles du retour à la santé sont également nombreuses. Il est évident, néanmoins, que la régularité de la méthode est encore à trouver. Au premier abord, à la vérité, les difficultés paraissent insurmontables; mais peut-être ne s'agit-il que de pénétrer plus profondément dans le sujet. Comme la question ne peut s'éclairer que par le concours de tous, nous citerons deux faits qui, quelque circonscrits qu'ils soient, doivent être pris en considération.

Un médecin d'un grand savoir que la variété de ses connaissances, la finesse et l'étendue de son esprit auraient pu porter aux plus hauts emplois, auquel ses compatriotes ont élevé une statue pour les services de toute nature qu'il a rendus à son pays, et aux malheureux, notre collègue le docteur Cerise avait, comme le professeur Requin, préféré la médecine aux honneurs. Impressionnable, nerveux, sympathique, plein d'enthousiasme et éminemment persuasif, ses paroles étaient pour ses clients des oracles, ses prescriptions des garanties de soulagement et de guérison. Nous avons pu le suivre pendant des années et nous avons acquis la conviction qu'il a été un des exemples les plus concluants de l'influence de l'esprit sur le corps et de la puissance de l'imagination sur le traitement des maladies.

Le second fait de cette influence nous a été donné, dans un asile d'aliénés, en constatant les résultats de la surveillance de la division des hommes par une directrice d'un extérieur agréable, initiée à la connaissance des maladies mentales, et celle des femmes par le médecin de l'asile. Les améliorations obtenues par ces deux contacts n'ont pas été seulement des apaisements dans les exaltations, des consolations dans la tristesse, des améliorations rapides, mais même des guérisons chez des héréditaires avec tendance au suicide, et malades depuis plus d'un an.

Une observation qui nous a été récemment communiquée par notre neveu, M. Louis Rivet, élève des hôpitaux de Paris, nous paraît avoir ici sa place. Une femme souffrant depuis longtemps d'un kyste considérable de l'ovaire, vint prier M. Péan, chirurgien des hôpitaux, de l'opérer. Après l'avoir examinée à diverses reprises, il lui déclara qu'il ne pouvait pas prendre cette détermination. La malade ne se rebuta pas; chaque matin il la trouvait à sa porte, elle renouvelait sa demande, en lui affirmant avec la plus profonde conviction qu'elle était sûre de la guérison. Vaincu par cette instance et cette persuasion, il pratiqua l'ovariotomie. La femme guérit radicalement. Pénétrée de reconnaissance, elle s'est faite infirmière et beaucoup de médecins ont pu la voir, encourageant par son exemple les malades qui réclamaient cette opération.

L'impression raisonnée qui est résultée pour nous de la lecture complète du livre du docteur Tuke est que l'esprit exerce la plus utile influence sur les maladies, et que, dans un grand nombre de cas, il est le promoteur de la guérison. Aussi ne saurions-nous assez exhorter les médecins qui ont les aptitudes nécessaires pour cette médication, à bien se pénétrer des observations de l'auteur, à élargir soigneuse-

ment la génèse des faits, et à perfectionner les moyens
mis en usage, convaincu qu'il y a là une mine féconde de
ressources, et qu'ils obtiendront par cette méthode des
succès nombreux.

Messieurs, si nous avons traduit le *Traité de l'influence
de l'esprit sur le corps*, comme il mérite de l'être, il restera
établi que le docteur Tuke a écrit une histoire pleine de
faits curieux sur l'intervention puissante de l'imagination,
mis hors de doute l'importance de cet élément thérapeutique trop négligé, qui a cependant produit plus d'une
guérison inespérée et prodigieusement rétréci le cercle du
merveilleux.

www.ingramcontent.com/pod-product-compliance
Lightning Source LLC
Chambersburg PA
CBHW061524170626
46811CB00004B/1825